인기 많은 나

푸른사상 동시선 21

인기 많은 나

인쇄 · 2014년 12월 15일 | 발행 · 2014년 12월 20일

지은이 · 성환희
펴낸이 · 한봉숙
펴낸곳 · 푸른사상
주간 · 맹문재 | 편집 · 지순이 | 교정 · 김수란

등록 · 1999년 7월 8일 제2-2876호
주소 · 서울시 중구 충무로 29(초동) 아시아미디어타워 502호
대표전화 · 02) 2268-8706(7) | 팩시밀리 · 02) 2268-8708
이메일 · prun21c@hanmail.net / prunsasang@naver.com
홈페이지 · http://www.prun21c.com

ⓒ 성환희, 2014

ISBN 979-11-308-0309-0   04810
ISBN 978-89-5640-859-0   04810 (세트)

값 10,000원

푸른사상
동시선

21

푸른사상
PRUNSASANG

인기 많은 나

성환희 동시집

두 번째 작품집을 냅니다. 첫 작품집에 다 담지 못했던 새로운 이야기들입니다. 시인으로 사는 동안 나의 받아쓰기는 계속될 것이고 가능하다면 작품집 출간도 지속적으로 이어질 것입니다.

이번 동시집에는 내가 만난 나와 가족과 생명 있는 것들과 사물과의 소통과 체험을 담았습니다. 나는 길 위를 걸으면서 글을 씁니다. 길 위에서 만나는 모든 것들의 목소리를 휴대 전화 메모장에 받아쓰기하여 컴퓨터에 입력하고 오래도록 퇴고하는 시간을 가지면서 한 편의 작품이 태어납니다. 그렇게 태어난 동시들입니다. 동시집 『인기 많은 나』를 읽으며 모든 어린이와 동심으로 사는 모든 어른들이 고개를 끄덕이며, 눈물을 글썽이며, 즐거운 마음이 된다면 더없이 행복하겠습니다.

길 위에서 만나는 모든 인연들에게 감사합니다.

나는 언제나 최면을 겁니다.
"모두가 나를 사랑한다. 내가 상상하는 것 이상으로 그들은 나를 사랑한다."
그리고 설레는 마음으로 아침을 시작하고 하루를 채우고 밤을 맞이

인기 많은 나

합니다. 나는 날마다 행복합니다. 그러나 삶이란, 기쁨과 희망만을 가지고 있지는 않습니다. 가끔은 슬픔과 절망의 모습으로 상처를 주기도 합니다. 그러나 나는 이 모든 만남을 기다립니다.

내가 기다리는 하루가 기쁨이어도, 슬픔이어도, 희망이어도, 절망이어도, 나의 받아쓰기는 사랑만을 이야기할 것이기 때문입니다. 지금 나에게 생명이 있어서 시를 읽을 수 있고, 시를 쓸 수 있고, 시를 만날 수 있다는 것은 참 고마운 선물이기 때문입니다.

첫 동시집에 이어 이번 작품집 『인기 많은 나』에 예쁜 그림을 그린 울산 명촌초등학교 친구들과 표지 그림을 그린 딸 아람, 변함없는 지지자인 남편, 참 고맙습니다. 그리고 같은 길을 걷는 모든 문우들께도 감사합니다. 님들의 채찍과 격려가 나를 성장시키는 힘입니다.

표4를 써 주신 이상교 선생님과 맹문재 주간님, 푸른사상사 가족 여러분, 고생 많았습니다. 감사합니다.

2015년 태화강 십리대밭에서
성환희

5

제1부 나 그리고 가족

12   인기 많은 나

14   대단한 나

16   소문

18   집에도 못 가고

20   인터넷 마을

21   생일

22   코골이 아빠

24   쯧쯧

25   주인공

26   짝

27   낭산에는

28   일요일

제2부 할머니

32   명절 1

34   세뱃돈

36   할머니와 할머니 친구

38   인사

39   우리 엄마

40   할머니 이사

42   할머니

44   할머니 운동

45   실버 카

46   엘리베이터 점검 중

48   아기

제3부 꽃이랑 식물이랑

52   꽃

54   꽃씨에게

55   식물들

56   민들레 꽃씨

58   은행나무

60   자벌레

61   봄 산

62   싸움

64   담쟁이

66   재롱 잔치

68   파꽃

69   벚꽃

70   꽃 모델

제4부 사물과 만나기

74   꽃이다

76   아빠 방귀

77   여름

78   단풍

80   구름

82   땅이 혼난 날

83   태화강 보리밭

84   선풍기

86   다르다

88   이른 봄

89   나누어 먹는다

90   눈과 안경

집집마다 나를 환영하는 환한 불빛 불빛

제1부

나 그리고 가족

인기 많은 나

책상 앞에 앉은 나를

햇살이 부른다.

바람이 부른다.

강물이 부른다.

"시험 끝나고 보자."는
내 말,

잊었나 보다.

이아람

대단한 나

여름날의
아스팔트

땅속 아궁이
불씨 살아나

활활 타오른다.

나는
불길 위를 걸어서
어디든지 간다.

김희진(울산 명촌초 4학년)

소문

"비밀이야.
아무에게도 말하지 마."

민지에게 했던
귓속말이
'응'에게 갔다가

나에게
되돌아오기까지
딱 한나절.

비밀이야

이수빈(울산 명촌초 3학년)

집에도 못 가고

"얘,
 거긴 찻길이야."

도로에서만 맴도는
비둘기 두 마리 때문에
초록 불을 몇 번이나 놓치고 있다.

내가 꼭 비둘기 엄마 같다.

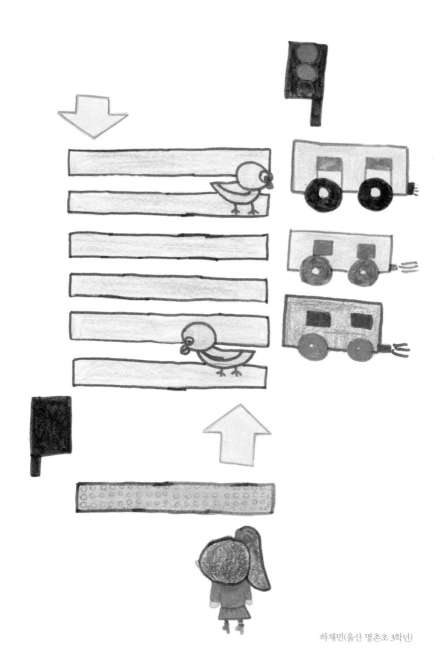

하채민(울산 명촌초 3학년)

인터넷 마을

클릭클릭
문을 열고 들어서면

미나리, 기린, 콩콩……
아이디 발자국

클릭클릭
발자국 따라 놀러 간다.

집집마다
나를 환영하는
환한 불빛 불빛.

생일

내 생일날
모두가 바쁘다.

엄마는 미역국 끓이고
빵집 아저씨 케이크를 만들고
나에게 잘 보이기 위해
선물 가게 주인 분주히 움직인다.

엄마 생일날
엄마만 바쁘다.

낳아 주셔서 고맙다며
외할머니께 전화하고
밥하고 국 끓이고
늦게 퇴근하는 아빠 대신
와인을 사고
나에게 문자도 보내고.

코골이 아빠

어흥 어흥
으르렁 으르렁

정말 정말 시끄러워
우리 아빠 고단하겠다.

아빠 잠 속에 사는
호랑이 어떻게 쫓아내나

쑥떡을 줄까?
곶감을 줄까?

서연우(울산 명촌초 3학년)

쯧쯧

산에서
강아지를
배낭에 넣어 온 사람을 만났습니다.

한 할아버지
곁을 지나가면서 혀를 찼습니다.

저거 부모를 업고 가라면
저렇게 하겠나?

강아지
얼굴이 빨개졌습니다.

주인공

빛나라 결혼식장에

예쁜 옷들이
멋진 구두들이
와글와글 모였다.

그래도 내 눈엔
우리 빛나 이모만 보인다.

최윤주(울산 명촌초 5학년)

25

짝

우리 반 키다리 다슬
우리 반 꼬맹이 아람

다슬이 뒤에 아람 졸졸
아람이 뒤에 다슬 졸졸

엄마 같고 아기 같다.

낭산에는

신라 제27대
최초의 여왕
선덕여왕 산다.

선덕여왕을
지키고 서 있는
소나무가 된 신하들이 산다.

역사
탐방 길에 두고 온
내 발자국이 산다.

일요일

새들
창가에서 쫑알거려요.
아빠는 몰라요.

햇살
머리맡에 앉았어요.
아빠는 몰라요.

잠만 자는 우리 아빠
곰돌이가 될지 몰라요.

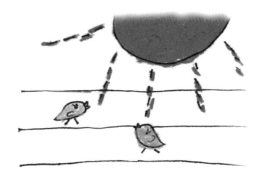

오민아(울산 명촌초 3학년)

할머니의 기다림이 자동차를 끌고 간다

제2부

할머니

명절 1

길 막혀도
기름 값 많이 들어도

고향에 꼭 간다.

할머니의 기다림이
자동차를 끌고 간다.

여수빈(울산 명촌초 5학년)

세뱃돈

우상이랑 다은이
남현이 오빠랑 아람이
몰래몰래 돈을 센다.

셀 돈이 없는 나
거실 구석에 쪼그리고 있다.

"우리 강아지, 와 카노?
 어데 아프나?"

"엄마가
 내 돈 다 가져갔어."

"저런! 저런!
 요건, 절대
 엄마 주지 말고 너 다 해라."

할머니 쌈짓돈
나에게만 슬쩍 쥐어 준다.

할머니와 할머니 친구

"김장 안 하나?"

"벌써 했다. 묵어 봐라."

"안 부르고?"

"어데,
 니는 돈 벌러 댕긴다고 힘들잖아.
 내 이번엔 꽁꽁 숨어서 안 했나."

우리 할머니
배추김치 쭈욱 찢어
숙이 할매 입에 넣어 준다.

김태연(울산 명촌초 6학년)

인사

"어여, 걸터앉아라. 밥 묵자."

"밥 묵고 왔어예."

"또 묵어라."

집에서 밥 먹고 왔는데
또 숟가락 든다.

묵실 할매
밥 주는 게 인사다.
엄마랑 나
밥 묵는 게 인사다.

우리 엄마

내가 맞고 오면
"잘 참았다.
 지는 게 이기는 거야."

내가 때리고 들어오면
"안 돼. 얼마나 아프겠니?"

"다른 엄마는 안 그런대."
투덜거리면,

"우리 엄마는 그랬어."
하신다.

할머니 이사

앞산 두고 어디 가냐

논밭 두고 어디 가냐

내 집 두고 어디 가냐

그러면서
혼자 시골집 지키던 할머니.

오늘 이사하셨다
대학병원 중환자실로.

지수민(울산 명촌초 6학년)

할머니

돌아가신 후
더 자주 만나요.

밥 먹을 때
길을 걸을 때

내 마음속에
솔솔 찾아와요.

먼 길 가신 후
더
내 맘에 살아요.

박다현(울산 명촌초 3학년)

할머니 운동

"비 그쳤는데
 여서 뭐하노?"

발에 밟힐까 걱정하며
풀숲으로 옮겨 준다.

태화강변에
운동 나온 할머니
지렁이 구하느라 바쁘다.

실버 카

"니가 내 동무다!"

맨날맨날 걸레질하여
반짝반짝 광이 나는 실버 카

바쁜 식구 대신
할머니랑 함께
날마다 마을 한 바퀴 걷는다.

엘리베이터 점검 중

702호 할머니
계단 오르신다.

"이 늠의 산을 몇 개나
 넘어야 하누?"

난간을 붙잡으며
일곱 고개 넘는 동안
나는 뒤에서
할머니를 지켰다.

지금부터
11개 산을 넘어야
우리 집 도착한다.

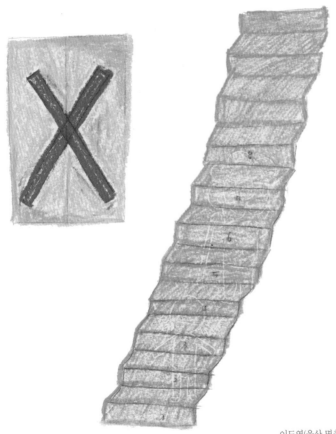

이도연(울산 명촌초 6학년)

아기

큰집 새언니
아기를 낳았어요.

별것 아닌 일로
만날 싸움하던
할머니 할아버지

집안 가득
웃음꽃 피우느라 바빠요.

아기는 평화의 특사.

예원(울산 명촌초 6학년)

향기, 힘 정말 세지요

제3부

꽃이랑 식물이랑

꽃

내 주특기는
향기 뿜기

향기,
힘 정말 세지요.

벌떼들
붕붕붕 끌려오는 걸 보면
알지요.

사람들
우우우 몰려오는 걸 보면
알지요.

민초원(울산 명촌초 6학년)

꽃씨에게

깊이
깊이
잠든 작은 공주야

바람과 햇살 찾아와
입맞춤하면
활짝 깨어나라.

웃음이 짱 멋진
나, 최민수
벌써부터 널 기다리고 있다.

식물들

상추
고추
무
……

우리 집 텃밭에
마주 보고 산다.

뿌리 내리고
가지 뻗을 만큼만
제 땅 하고
서로서로 나눈다.

민들레 꽃씨

둥근
씨앗 집 한 채

환하게 불 켜 놓고

먼 길 데려다 줄
바람 친구 기다립니다.

박자영(울산 명촌초 6학년)

은행나무

은행나무는
은행이 익어 가는 동안
팔을 아래로 내려
긴 사다리를 만들었어요.

바닥에
노란 융단도 깔았어요.

은행나무는
은행이 노랗게 익어
뿔뿔이 떠나간 후
팔 사다리를 슬슬 걷었어요.

김세엽(울산 명촌초 6학년)

자벌레

구만산 가는데
우리 식구
마중 나온 자벌레

앞서가는 아빠
모자를 재고 팔뚝을 재더니
허리둘레를 재고 있다.

절대 비밀
아빠 신체 치수
슬금슬금 다 읽는다.

봄 산

축제가 시작되었어요.

나무들이 차려 놓은
잔칫상에
생강꽃, 개나리꽃, 참꽃⋯⋯
다 있어요.

바람도 들렀다 가고
햇살도 머물다 가고
벌, 나비도 찾아오지요.
초대하지 않은 청설모도 기웃거려요.

나무들
만날만날
꽃 상 차리느라 바빠요.

싸움

이 녀석
또 나를 깨운다.

왱~ 왱~
폭격을 한다.

난,
눈 버둥 손 버둥
방어를 시작한다.

모기의
연속적 폭격
나의 끈질긴 방어와 추격.

이 싸움 언제 끝날까?

불을 켠다.

휴전이다.
잠시, 평화다.

이유진(울산 명촌초 6학년)

담쟁이

담쟁이 가족
더듬더듬 소풍을 가요.

위
아래
오른쪽
왼쪽
마음 먼저 가는 곳으로

가늘고 푸른
줄 함께 잡고
한 몸 되어 움직여요.

맨 뒤에 서 있는
큰 잎 담쟁이

파수꾼
우리 아빠 같아요.

재롱 잔치

호수공원 오리들
수중발레한다.

물속에 머리 박고
엉덩이 번쩍 들고
발가락을 흔들 흔들 흔들

1부 공연이 끝난 후
아이들은
과자 부스러기 상품으로 내놓는다.

파꽃

웃음소리 쫓아갔더니

파하
파하

밭 가득
몽실몽실 피어 있는 웃음.

벗꽃

이른 아침
금오산 입구

힘내라! 힘내!
초롱초롱한 눈망울로 응원해 주더니

늦은 오후
산에서 내려올 때

장하다! 장해!
폭죽 펑펑 터트려 맞아 준다.

꽃 모델

웃음이 으뜸
향기도 으뜸

사진을 찍으려고
카메라가 다가간다.

— 자아, 얼굴을 활짝 펴세요.
— 고개를 조금만 숙이세요.
— 그렇지, 좋아!
……

꽃들,
이름값 하느라 쉴 틈이 없다.

박수빈(울산 명촌초 6학년)

이름 알아도 이름 몰라도 척, 보니 꽃이다

제4부

사물과 만나기

꽃이다

핀 꽃도
진 꽃도

피고 있는 꽃도
지고 있는 꽃도

큰 꽃도
작은 꽃도

빨간 꽃도
하얀 꽃도

꽃이다.
모두가 꽃이다.

이름 알아도
이름 몰라도
척, 보니
꽃이다.

천수연(울산 명촌초 6학년)

아빠 방귀

천둥소리
따발총 소리

부르지 않아도
당당하게 달려온다.

지독한 냄새랑
어깨동무하고 온다.

여름

햇님이 말했어요.

"뜨겁게 뜨겁게
 오늘도 참 나답게 살았어."

단풍

나무가 자꾸
악보를 떨어뜨려요.

공중에서 흩날리는
가을날의 노래들

팔
랑
팔
랑

바닥이 가슴 활짝 펼쳐서
온몸으로 받아요.

남희윤(울산 명촌초 6학년)

구름

하늘 가득
동동 띄워 놓은 수제비

바라보기만 해도
배부르다.

북한 하늘에도
아프리카 하늘에도
있을까?

신세연(울산 명촌초 6학년)

땅이 혼난 날

데똥데똥
걸음마 하던 아기

으아앙, 넘어졌어요.

아기 엄마 열심히
땅바닥 내려다보며
때치, 때치!

태화강 보리밭

망초꽃
놀러 왔다.

소리쟁이
놀러 왔다.

아저씨를 태운
자전거 놀러 왔다.

할머니를 싣고
휠체어 놀러 왔다.

엄마 아빠 손잡고
석이도 놀러 왔다.

선풍기

여름 내내
24시간 일하는데
칭찬 못 듣는다.

"와 이리 뜨겁노?"
"와 이리 덥노?"
이런 말만 듣는다.

차유진(울산 명촌초 6학년)

다르다

할매 집 옥상에서 들려오는
고추
상추
방울토마토
키 크는 소리.

우리 집 위층에서 들려오는
텔레비전
세탁기
청소기
밤낮 일하는 소리.

이혜연(울산 명촌초 4학년)

이른 봄

하루는 더웠다가
또 하루는 추웠다가

봄은
제자리를
자꾸
남에게 내어 주고 있습니다.

나누어 먹는다

배추 한 포기,

배추벌레가 먹고
달팽이가 먹고

우리도 먹는다.

눈과 안경

"고마워.
 눈 많이 나쁜데도
 책 보고, 게임도 해.
 네 덕분이야."

"고마워.
 내가 쓸모 있다는 게
 얼마나 기쁜 일인지 모르겠어."

눈과 안경은
서로에게
고마운 길동무입니다.

우미나(울산 명촌초 5학년)

동시 속 그림

이아람

김희진(울산 명촌초 4학년)

이수빈(울산 명촌초 3학년)

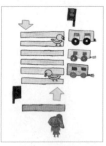

하채민(울산 명촌초 3학년)

서연우(울산 명촌초 3학년)

최윤주(울산 명촌초 5학년)

오민아(울산 명촌초 3학년)

여수빈(울산 명촌초 5학년)

김태연(울산 명촌초 6학년)

지수민(울산 명촌초 6학년)

박다현(울산 명촌초 3학년)

이도연(울산 명촌초 6학년)

예원(울산 명촌초 6학년)

민초원(울산 명촌초 6학년)

박자영(울산 명촌초 6학년)

김세엽(울산 명촌초 6학년)

이유진(울산 명촌초 6학년)

한정민(울산 명촌초 6학년)

박수빈(울산 명촌초 6학년)

천수연(울산 명촌초 6학년)

남희윤(울산 명촌초 6학년)

신세연(울산 명촌초 6학년)

차유진(울산 명촌초 6학년)

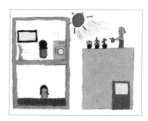

이해연(울산 명촌초 4학년)

우미나(울산 명촌초 5학년)

인기 많은 나